JN212487

5分でキュンとする結末
この恋はうさぎ色
春間美幸
講談社

プロローグ

早朝の住宅街。

びっしりと立ち並ぶ家々。

その屋根の上に、1羽の白いうさぎがいた。

うさぎは首からゴーグルをぶら下げ、背中にバックパックを背負い、2本の後ろ脚だけで軽快に走っている。

長く垂れた耳を揺らし、赤い瞳を輝かせながら、うさぎは猛スピードで走り続け、やがて足を止めた。

背筋をまっすぐに伸ばして、屋根のへりに立ち、

「どこにいるのかなあ、恋愛で困ってる人は……」

と呟いて、耳を澄ませる。

吹き抜ける風の音、救急車のサイレン、調子はずれのピアノの音色、学校のチャイム——あちこちから聞こえてくる、さまざまな音。

その中にまぎれて、

キュン……キュキュン……。


という音が、小さく鳴り響いている。

それは、恋愛で困っている人が発する、特別な音。他の誰にも聞くことができないその音を、うさぎはしっかり聞き取って、

「よし、あっちだ！」

力強くそういい、再び走りだした。

もくじ

告白（こくはく）

放課後。帰りの会が終わるなり、わたしはユウトの元へ行き、両手を合わせて拝むポーズをした。

「お願いっ、ユウト。今日の算数の宿題、教えて」

「はあ？　宿題って、小数のかけ算のプリントだろ？　こないだも教えてやったじゃん」

ユウトに眉をひそめられ、わたしはくちびるをとがらせる。

「でも……難しくて、まだよくわかんないんだもん」

「ったく、しょうがねえなあ。もう1回教えてやるよ」

ユウトはあきれたように肩をすくめつつ、

「おれ、このあと図書室に本返しに行くから。それが終わったら、おまえんち行くよ」

そういい残し、教室を出ていった。

ふう、助かった。やっぱりユウトって、頼りになるなあ……。

と、胸をなで下ろしたところへ、友だちのカエデちゃんがやってきた。

にんまりした顔で、ぬーっと迫ってきて、カエデちゃんは切り出す。

「頼りになるねえ、ミオの大好きなユウトくんは」

「こ、こらっ、やめてよ！」

わたしは慌てて叫んだ。

だってカエデちゃんが「大好き」なんて、いきなりぶっちゃけるから。

確かにわたしは、ユウトのことが好きだ。

いつから好きなのかは、自分でもわからない。

ユウトは、生まれたときから小学5年生の今までずーっと隣の家に住んでいる。

いわゆる幼馴染みってやつで、わたしはユウトのことを、きょうだいみたいにしか思っていなかった。

ところが、いつのころからかユウトと一緒にいるとどきどきするようになって、「好き」という気持ちが芽生えてきた。

わたしのその気持ちを知っているのは、今のところ、カエデちゃんだけだ。

「んもう、誰かに聞かれたらどうすんの。恥ずかしいじゃん」

くちびるをとがらせてそう訴えるわたしに、カエデちゃんはきっぱりと告げる。

「恥ずかしがってるひまがあるなら、さっさと告白しなよ、ミオ」

♥ ♥ ♥

そのあと、カエデちゃんとふたりで学校を出るなり、わたしはたずねた。

「ねえ、どうして急に『さっさと告白しな』なんていいだしたの？」

「あのさ……じつはあたし、聞いちゃったんだ。隣のクラスのタカハシさんが、ユウトくんのこと好きだってうわさ」

深刻な口ぶりでカエデちゃんは切り出し、「しかも」と続ける。

「しかもね、タカハシさん、ユウトくんに告白するつもりらしいよ」

「あはは。絶対ガセネタだよ、そのうわさ」

わたしは思わず笑ってしまった。

だって、タカハシさんは学年で３本の指に入るくらいの美少女だ。

そんな子がユウトを好きで、そのうえ告白までするなんて、ありえない。

「なんで笑うの。人が本気で心配してるのにっ」

カエデちゃんはむきになり、まくしたてる。

「大体、ミオは危機感なさすぎだよ。告白する、告白する、って前からいってるくせに、全然しないし」

うっ。痛いところを突かれてしまった。

告白する気はちゃんとあるんだけど……なかなか勇気が出ないんだよなあ。

「べ、別に急いでるわけじゃないからさ……いつかは告白するよ……たぶん、その内」

しどろもどろになるわたしをまっすぐに見据え、カエデちゃんはいう。

「そんなことばっかりいってると、後悔するはめになるかもよ」

「後悔？」

「うん。だって、もしほんとにタカハシさんが告白して、ユウトくんがオッケーしちゃったら……」

「そんなの嫌っ！」

カエデちゃんがしゃべってる途中で、つい大声をあげちゃった。

わたしは恥ずかしくなって、カーッと頬が熱くなる。

「でしょ？　だからそうなる前に、ちゃんと告白したほうがいいんじゃない？」

カエデちゃんはそう話を締めくくり、わたしの肩を軽く叩いた。

♥

♥

♥

家に帰ると、わたしは自分の部屋へ行き、窓を開けた。

空気を入れ換えながら、隣に立つユウトの家を見つめ、考えこむ。

もしかしたら、ユウトは案外モテるのかもしれない。

だって学年一の秀才だし、顔も悪くないほうだし……それに比べて、わたしはチョー平凡で、なんのとりえもない。

　こんなんじゃ、告白してもＯＫしてもらえる自信がない……けど、このまま告白しないで、後悔するのはやっぱり嫌だ。

「はあ、まいったなあ」

　思わずため息をこぼしたそのとき、窓から白いうさぎがぴょんと飛びこんできた。

　え？　どうしてうさぎが……ああ、誰かんちのペットが逃げてきたのかな。

　よく見たら、アクセサリーつけてるもんね。ゴーグルとか、リュックみたいなのとか。

　なんて思った直後、うさぎがこっちを見て、

「やあ。こんにちは」

　と、いきなりしゃべりだした。

「きゃあぁー！」

わたしは悲鳴をあげ、後ずさる。

全身にぞわっと鳥肌が立ち、冷や汗が出た。

「やだっ、来ないで、おばけ！」

「おばけじゃないよ。ぼくは、シルク。よろしくね」

うさぎ――どうやら「シルク」という名前らしい――は、頭を下げて自己紹介をし、だしぬけに切り出した。

「ねえ、きみ、なにか困ってるなら、ぼくに相談してよ」

「な、なにいってんの、急に。なんで相談なんか……」

わたしがいい終えるより先に、シルクはきっぱりと告げる。

「だってぼく、恋愛で困ってる人の力になりたいから」

すごい……どうしてわかるんだろう、わたしが恋愛で困ってるって。

どきりとしてシルクを見つめると、まっすぐに見つめ返された。

ふたつの赤い瞳がきらきら輝いている。

深く透き通って、吸い込まれそう。

わたしはシルクの瞳に釘付けになり、なぜか自然に話しだしていた。

「じつは……わたし、好きな人に告白したいの。だけど、告白するのが怖くて」

「怖い？　なにが？」

「なにって……それはもちろん、断られるのが怖いんだよ」

「うーん、そっかあ……」

シルクは何度か首をひねったあと、ぽんと手——じゃなくて、前脚かな——を打ち、いった。

「だったら、**吊り橋効果**を利用して告白しなよ！」

「吊り橋効果？」

おうむ返しするわたしに、シルクはすらすらと説明する。

「うん。吊り橋効果っていうのはね、**恐怖や緊張で感じるどきどきを、一緒にいる人に恋をしてどきどきしてると勘違いさせる心理効果のことなんだ。**だからきみも、好きな人と一緒に恐怖や緊張を感じる体験をして……どきどきしたときに告白すれば、ＯＫしてもらえる確率がぐーんとアップするよ」

「ちょ、ちょっと待って。そんな急に、恐怖や緊張を感じる体験っていわれても……一体、なにをすればいいわけ？」

「なんでもいいよ。たとえば、ホラー映画を一緒に見るとか」

涼しい顔でシルクがこたえ、わたしはぎょっとした。

ホラー映画なんて、冗談じゃない。

小さいころ、ホラー映画を見て大泣きして、夜ひとりでトイレに行けなくなったことだってあるんだから。

「無理無理っ。わたし、怖いのチョー苦手だもん！」

と口早にまくしたてたら、シルクはさりげなくいった。

「きみは怖がってばかりだね。そんな弱気じゃあ、告白なんてできないんじゃない？」

「……うっ」とわたしは返事に詰まる。

その隙にシルクは、

「とにかくがんばって」

といい残し、窓から出ていってしまった。

なにもいい返せなかった――「怖がってばかり」って、もろに図星を突かれたから。

そうだよね……怖がってばかりじゃだめだよね！

ふつふつとやる気が湧いてきて、わたしはついに告白する決心をかためた。

♥ ♥ ♥

そのあとまもなく、ユウトがたずねてきて、

「よし、さっさとやっちゃおうぜ」

と、わたしの部屋に来るなり、宿題のプリントをローテーブルの上に広げようとした。

わたしは慌ててそれを押しのけ、タブレット端末をどんと置く。

「ま、待って、待って。勉強の前に、映画でも見ようよ」

「映画？　そんなのあとにしろよ」

ユウトは怪訝な顔をする。

でも、ここで引き下がるわけにはいかない。

なんたってこっちは、例の「吊り橋効果」ってやつを利用して、告白しようとしてるんだから。

「やだっ。どうしても今見たいのっ」

わたしはむきになってタブレットを操作し、動画配信サービスのサイトを開く。

ホラー映画っていわれても、どれを選べばいいんだろう……。

と思ったら、見覚えのあるタイトルが目に飛びこんできた。

ユウトもすぐにそのタイトルに気づいたようで、くすっと笑いながらいう。

「あ、この映画、昔おまえが見て大泣きしたやつじゃん」

「そうだね。じゃあ、これ見ようっと」

「はあ？　なんでだよ。怖いの大嫌いなくせに」

ユウトはまた怪訝な顔をしたけど、わたしは知らんぷりして動画を再生させた。


うぅ……やっぱり怖い。見たくないよー！

心の中でそう叫びつつ、タブレットの画面を見つめる。

怖いシーンも我慢して必死に見続けていたら、ふいに呼びかけられた。

「ミオ。もしかして、吊り橋効果狙ってる？」

「えっ……？」

どきっとするわたしをまっすぐに見据え、ユウトはたずねてくる。

「おまえ、この映画で吊り橋効果を狙って、おれに告白するつもりじゃない？」

あっさりばれちゃった。

ユウトは物知りだから、吊り橋効果を知ってるんだ……そのうえ、勘もするどいから、わたしの狙いなんてお見通しってわけね。

「そ、そのつもりだけど、悪い？」

わたしが開き直ったら、ユウトは「悪い」と即答し、

「妙な小細工しないで、堂々と告白してこいよ。どっちにしたって、おれの返事はＯＫなんだから」

と、小さく笑いながらいった。

星に誓(ちか)いを

7月最初の日曜日。

おれは、お母さんと妹と3人でショッピングモールへやってきた。

別に来たくて来たわけじゃない。

今朝、お父さんに急な仕事が入り、

「頼む、ハルヒコ。今日はお母さんたちの買い物に付き合ってやってくれ。申し訳ないけど、お父さんのかわりに荷物持ちしてあげてほしいんだ」

といわれたから、仕方なく来ただけ。


あー、かったるい。早く帰りたいなあ……。

なんて思いながら入り口のドアをくぐると、七夕用の大きな笹が飾られていた。

そこには誰でも自由に短冊を書けるコーナーがあり、妹とお母さんが、

「わあ、書きたい、書きたい」

「いいわね。みんなで書きましょ」

といってはしゃぎだしたから、おれはさらにかったるくなった。

「ふたりで書いてきなよ。おれはあそこのベンチで待ってるから」

そういい残し、立ち去ろうとする。

その瞬間、目撃した。

笹にぶら下がった青色の短冊に、

『テシガワラ　ハルヒコに告白する！』


と書いてあるのを。

『テシガワラ　ハルヒコ』というのは、おれのフルネームだ。

一体誰が、おれの名前を書いたんだろう。

おれではなく、別人の名前……という可能性は低いはずだ。

『テシガワラ』ってけっこう珍しい苗字だから、同姓同名のやつなんて、そうそういないし。

うーん。あの短冊の字、どこかで見たような気がするんだけどな……。
考えこみつつ、歩いていく。
するとベンチの上に、白いうさぎがちょこんと座っていた。
いや、こんなところに本物のうさぎがいるわけない。
これはぬいぐるみだ。きっと、小さい子の忘れ物だろう。
と思い、ベンチに腰掛けたとたん、ぬいぐるみがしゃべりだした。

「こんにちは。ぼく、シルク」

なんだ、しゃべるタイプのやつか。
うちの妹も、しゃべる犬のぬいぐるみ持ってるもんな。
確かＡＩ技術を搭載してるとかで、けっこう普通に会話できたりするんだけど
――このシルクってやつは、どれくらい会話できるんだろう？
興味本位で、おれは話しかけてみる。

「なあ、聞いてくれよ、シルク。あそこに、へんな短冊が飾ってあってさ……なんか、気になっちゃって」

「え？　へんな短冊って？」

「それがさ、『テシガワラ　ハルヒコに告白する！』なんて書いてあるんだよ」

「ふうん。それの、どこがへんなの？」

「だって普通、短冊には『もっと背が伸びますように』とか『家族が元気でいられますように』とか、そういう『願い事』を書くだろ？　なのに『告白する！』なんて、そんな宣言みたいのを書くなんて、へんじゃん」

って。知らぬ間にべらべらしゃべりまくってるな、おれ。

だってシルクのやつが、まるで人間みたいに受け答えするから。

すげえな……チョー高性能なぬいぐるみだぞ、こいつ。

ひそかにそう感心していたら、シルクが涼しい顔でいった。

「あのね、本来、七夕の願い事っていうのは、織物が得意な織姫にあやかって、自分も『織物などの手習いごとが上手になるように』と願掛けをするものだったんだ。これは、『織姫が願いを叶えてくれるもの』じゃなく、『**自分で願いを叶えることを織姫に誓うもの**』でね、自分自身に対して立てる、抱負に近いものだったんだ——だから、そういう宣言みたいのが書いてあっても、ちっともへんじゃないんだよ」

と小難しい説明をするもんだから、おれは唖然としてしまった。

そんなことにはお構いなしで、シルクは「つまり……」と続ける。

「つまり、本気で『テシガワラ　ハルヒコに告白する！』と誓ってあの短冊を書いた人が、どこかにいるってことさ」

「ま……」

とおれがいいかけた、そのとき、

「お待たせ、おにいちゃーん」

「行きましょう、ハルヒコー」

妹とお母さんが、遠くからそう声をかけてきた。

おれはとっさに「ああ」とこたえ、走りだす。だけど、内心動揺していて、ま、まじかよ、シルク。おれに告白するとちかった人がどこかにいるなんて……。

と思いながら振り返ってみる。

でももう、ベンチにシルクの姿はなく、おれはすっきりしない気持ちのまま、その場を去った。

♥
♥
♥

自分でいうのもなんだけど、おれは恋愛にうといほうだ。

いつだったか、男子だけで集まって「どの女子のことが好きか」という話で盛り上がったことがある。

そのときおれは「別に好きな女子なんていない」とこたえ、「えー、うそだあ」とか「ほんとは隠してるだけだろ」とか、みんなに不満そうにいわれた。

そんなこといわれても困る。

おれにとってはどの女子もみんな、ただの友だちだし……ぶっちゃけおれ、５

年生にもなって、初恋もまだなんだから。

とはいえ――そんなおれでも、あの短冊はさすがに気になる。

もしかしたら、ほんとに誰かが告白してくるかも……いや、誰かが短冊にらくがきしただけかも……。

なんて、つい考えこんでしまい、夜はなかなか寝付けなかった。

♥　♥　♥

次の日の中休み。おれは眠い目をこすりつつ、トミーの席へ行った。

トミーは「トミタ」という苗字の女子だ。

以前、席が隣どうしになったときに知り合った。

「ねえねえ、テシガワラくんって、みんなにテッシーって呼ばれてるよね。あたしもそう呼んでいい？」

と気軽に声をかけられ、おれも気軽にこたえた。

「いいよ。じゃあおれも、トミタのことトミーって呼ぶよ。みんなにそう呼ばれてるだろ？」

なんていう話の流れで、知り合った5分も経たない内に、あだ名で呼び合うことになった。

それからおれらは、ふたりでくだらない話をして笑ったり、こっそり宿題を見せ合ったりして、仲良くなった。

隣どうしの席じゃなくなった今も、相変わらず仲はいい。

「どうしたの、テッシー。なんか、目が赤いけど」

おれがそばへ行くと、トミーはすぐにそういった。

「うん。じつは、ゆうべあんまり寝てなくてさ。国語の授業、半分くらい居眠りしちゃった」

おれは正直に打ち明け、さらに正直に頼む。

「だからノート貸してくれ。寝ててほとんど書けなかったんだよ」

「んもう、しょうがないなあ」

トミーはくちびるをとがらせつつ、机からノートを取り出し「はい、どうぞ」と笑顔で渡してくる。

その笑顔を見た瞬間、ふいに思い出した。

男子だけで「どの女子のことが好きか」という話をしていたとき、「トミーのことが好き」というやつが何人かいた。

で、そいつらは口をそろえて「トミーは笑顔がかわいくて、いい」といっていたんだ。


いわれてみれば、確かにかわいいかも……だからって、別に「好き」とは思わない。やっぱりただの友だちだよな、トミーは。

なんて思いながら、ノートを受け取る。

すると、表紙に書かれたトミーの名前が目に飛びこんできて、はっとした。

この字は、まさか……。

ごくりと息を飲み、おれはたずねる。

「なあ、トミー。おまえ……ショッピングモールで短冊書いた？」

「は？　なに、いきなり」

トミーは眉間にしわを寄せた。

それでもおれは、めげることなく、いい募る。

「じつはおれ、昨日ショッピングモールで、気になる短冊を見かけてさ。その短冊の字と、おまえの字がそっくりなんだよ」

「し、知らないわよ、短冊なんて！」

と真っ赤な顔で怒鳴られ、おれはひそかにため息をこぼした。

なあんだ。もしあの短冊を書いたのがトミーだったら、告白してきてくれたかもしれないのにな……。

どきんっ——突然、心臓が鳴り始めた。

うるさいくらい大きなその音を聞きながら、おれは考えこむ。

告白してきてくれたかもって……なんでおれ、トミーからの告白に期待してんだ？

もしかして、トミーのことが好……。

「テッシー？」

考えてる途中で、呼びかけられた。

黙りこんでいたおれを心配したのか、トミーはじっと見つめてくる。

どきどき、どきどき――。

心臓の音がどんどん大きくなって、止まらない。そうしておれは、いよいよ自覚したんだ。

やっぱり、トミーのことが好きなんだ……って。

赤の効能

同じマンションに住むソウタくんのことは、前から知っていた。

でもあたしが知っているのは、マンション内で聞いた話――名前はソウタだということ、私立校に通っているということ、歳はあたしと同じだということ――だけ。

ときどき、私立の制服姿で歩くソウタくんを見かけたけど、言葉を交わしたことは一度もない。

公立校通いのあたしと、私立校通いのソウタくんが関わる機会なんて、あるはずもなかった。


ところが、その機会はふいに訪れた。

ある日の夕方、スーパーへ買い物に行く途中、土手でソウタくんを見かけた。

制服姿で地べたに座って本を読んでいるから、

「ソウタくん、どうしてこんなところで本読んでるの？」

と、あたしは声をかけた。

ソウタくんは一瞬驚いた顔をしたけど、すぐにほほ笑んでこたえてくれた。

「ぼく、放課後は毎日ここで本を読んでるんだよ。ここは静かだし、風が抜けて気持ちいいから」

「わあ、毎日？　ソウタくんって読書家なんだね」

感心するあたしの顔を、ソウタくんはまじまじと眺め、切り出す。

「確かきみ、同じマンションの人だよね？　きみのことは、何度か見かけたことある気がするんだけど」

しまった。

ソウタくんのことは、あたしが一方的に知ってただけなのに……チョー馴れ馴れしく声かけちゃった。

「うん。あたしは同じマンションに住んでる、ヤマグチ　シオリ。よろしくね」

慌てて自己紹介すると、「よろしく、ヤマグチさん」と返された。

とたんにあたしは首をひねってしまう。

「苗字で呼ばれると、なんかへんな感じ。あたしは前から『ソウタくん』って勝手に呼んじゃってるから……できればソウタくんも『シオリちゃん』って呼んでくれない？」

「オッケー。じゃあ改めてよろしく、シオリちゃん」

快くソウタくんがいい、あたしはふふっと笑った。

へえ――。ソウタくんって、まじめでお堅い感じに見えるけど、案外話しやすいじゃん。

なんて、親しみが湧いてきた直後に、買い物のことを突然思い出し、「あ、もう行かなきゃ」とあたしは口走った。

そのあとソウタくんに「明日また来てもいい？」とき、「いいよ」という返事をもらってから、手を振って別れる。

なぜとっさにあんなことをきいたのか、自分でもわからない。

でも――またソウタくんに会いたい――と思ったのは間違いなかった。

♥
♥
♥

次の日もあたしは土手でソウタくんに会った。

なぜ会いたいと思うのかまだわからないままだし、会っても別にこれといってなにかするわけじゃない。

本を読むソウタくんの隣に座り、読書のじゃまをしないように注意しながら、ときどき話しかけ、おしゃべりする——ただそれだけなのに、楽しくてたまらなかった。

でも、楽しい時間はあっというまに流れてしまい、やがてソウタくんが「そろそろ帰ろうか」と声をかけてきた。

「じゃ、マンションまで一緒に……」

あたしはそうこたえかけ、口をつぐむ。

一緒に帰りたい……けど、もし途中でクラスメイトに会って「その人、誰？」ときかれたらどうしよう。

などと考えこんでいたら、ソウタくんが立ち上がり、いった。

「いいよ。ぼく、先に帰ってるから」

「えっ、ちょっと待って」

慌てて止めたけど間に合わず、ソウタくんは走っていってしまった。

あーあ。一緒に帰りたかったのに……あれこれ考えないで、すぐ返事すればよかったな。

万が一、誰かに会っても、ソウタくんのことは「友だち」って説明すれば済むんだし……。

なんて考え、あたしは自分で自分に問いかけるみたいに、呟く。

「……友だち？」

ソウタくんとは昨日初めてしゃべったばかりだし、「友だち」とはいえないかも。

ただの「知り合い」とか？
「同じマンションの人」とか？
どれもしっくりこない。
そうじゃなくて、あたしにとってソウタくんは……。
「……好きな人」
再び呟く。
その瞬間、はっきりとわかった。
あたしがソウタくんに会いたいと思うのは、好きだからだ——って。
こんな短期間で好きになるなんて、うそみたい。
だけど、うそでもなんでもなく、好きになっちゃったんだから、どうしようもない。

♥
♥
♥

好きだと気づいたからには、即告白！

そんな勇気はもちろんないけど、やっぱりソウタくんには会いたいから、翌日も土手に向かった。

するとソウタくんが「ごめん、シオリちゃん」といきなり頭を下げたので、何事かと思い、話を聞いてみると――。

「昨日帰り際に、シオリちゃんが『待って』っていったの、ほんとは聞こえてたんだ。なのに、ぼく……聞こえないふりをして、逃げ出したんだよ」

「逃げ出す？　なんで？」

「あのときシオリちゃんが考えこんでるの見て……ぼくと一緒にいるところを誰かに見られたくないんだって、わかったから……ちょっとショックでさ」

と、見当違いな話を聞かされ、あたしはあっけにとられる。

そのあとさらにソウタくんが、

「でも、そう思われてもしょうがないよね。ぼく、イケてるほうじゃないから。もっとイケメンだったら、誰に見られても平気なのに」

なんていうもんだから、あたしは思わず叫んだ。

「イケメンじゃなくても、好きなんだけど！」

うわっ。なに突然ぶっちゃけてんの――でももう、今さら引けないっ。

このままいっちゃえ！

「あたし、ソウタくんのこと好きになっちゃったみたい！」

しん……と沈黙が訪れる。

ソウタくんはしばらくぽかんとしたあと、顔を真っ赤にしてうなずいてくれた。

「うん。ぼくもシオリちゃんのこと、好きになっちゃったみたいだ」

というわけで、めでたくハッピーエンド――。

なんて、そんなに都合よく終わるわけがない。問題はそのあとだったんだ。

❤　❤　❤

両想いになったあとも、あたしたちは毎日土手でおしゃべりをし、マンションまで一緒に帰った。

それだけでも充分楽しいけど、何日もそれが続くと、あたしはソウタくんにひとこといいたくてうずうずしてきた。そして今日、
絶対に今日こそは、いう！

と決心していた。なのに、いいだすタイミングが掴めず、帰る時間になってしまった。

あたしは「このあとお母さんとここで待ち合わせてるから」とうそをつき、ひとりで土手に残った。

そして、お腹の底から、

「これじゃあ付き合う前と変わらないっ。なにか進展がほしいー！」

と川に向かって叫んだ。

ほんとは川じゃなくソウタくんにいいたかったのに……と思ったら、

「なるほど、進展か」

と、誰かがこたえた。

誰かって……間違いなく、うさぎ！

いつのまにか隣にうさぎが座っていて、返事をしたんだ。

「あ、あんた何者？」

あたしがぎょっとしてきいたら、うさぎは「うーん」とうなり、

「何者って改めてきかれると、考えちゃうな。今まで出会った人たちは、ぼくのこと、おばけとかぬいぐるみとか思ってたみたいだけど……まあ、きみも好きなように思えばいいよ。あ、ちなみに、名前はシルクだからよろしくね」

といっておじぎをした。

好きなようにっていわれても……こんな意味不明なやつ、何者だと思えばいいわけ？

首をひねるあたしに向かって、シルクはさらりという。

「きみがいってた進展のことだけど、ぼくに名案があるよ」

その言葉を聞いた瞬間、シルクが何者かなんて、どうでもよくなった。

名案とやらを授けてくれるなら、おばけだろうがぬいぐるみだろうが、かまわない。

「なに？　名案って！」

あたしは鼻息荒くたずね、「赤い色の物さ」とシルクは即答した。

「今度ソウタくんに会うときは、赤い色の物を身につけてごらん」

「赤い色の物？　なんで？」

「**色彩心理学**っていうのがあってね、赤は気分を高揚させる効果があるといわれているんだ。だから、**赤い色の物を身につけていれば、ソウタくんの気分が盛り上がって、なにか進展があるかもよ**」

「赤い色の物か……探してみる！」

あたしは勢いよく立ち上がり、「教えてくれてありがとう」とシルクに告げ、一目散に駆け出した。

全速力で帰宅すると、家中をひっかきまわし、赤い物を用意した。

よし、これだけあれば絶対行ける！

と自信満々で、次の日またソウタくんに会った。

赤いカーディガンを着て、赤いリップを塗り、頭に赤いリボンをつけたあたしを見ても、ソウタくんはなにもいわない。

「今日のかっこ、派手かな」

とあたしがわざとらしくいっても、ソウタくんは、

「そんなことないんじゃない」

というだけ。

めげずにあたしは「おやつ用意してきたの。食べて」といい、タッパーを取り出す。

中には、赤いりんご――うさぎの形に切ったやつ――が入ってる。

それを見てもソウタくんは「いただきます」といい、食べるだけ。

んもう、いつになったら気分が高揚するわけ？

いらだちつつ、あたしは時が過ぎるのを待った。

とっておきの物が、まだ残っている。

それは――。

「わあ、夕日がきれい！」

とあたしは声をあげる。

空に浮かんだ夕日が、川や町を照らす。

辺り全部が赤く染まって、最高にロマンチックなムードの中、ソウタくんはいった。

「じゃ、そろそろ帰ろうか」

はあっ？

色彩心理学なんて、全然効果ないじゃん！

あたしはついにブチキレて、

「帰ればいいんでしょ！」

とわめいて立ち上がる。
その瞬間、足がもつれて転んでしまった。
ひざに痛みが走り、見ると、うっすら血が出ている。
ソウタくんもそれを見て、
ガバッ――といきなりあたしをお姫様抱っこし、走りだした。
ええっ？
な、なんでソウタくん、突然大胆に……あっ、もしかして……。
「ねえ、ソウタくん。さっき……」
「しっかりつかまってて！」
たずねようとしたとたんに怒鳴られ、あたしは口をつぐんだ。
本当はきいてみたい。
さっき赤い血を見て、気分が高揚したのかどうか――。
けど、もういいや。
色彩心理学の効果があったにせよなかったにせよ、あたしは大満足。

だって、好きな人にお姫様抱っこされて町を駆け巡っているんだから。
まるで本物のお姫様になった気分だよ。

第4話

涙(なみだ)で流して

わたしは毎朝、イノウエくんとふたりで教室のドアの前に立ち、登校してきたクラスメイトそれぞれに「おはようございます」とあいさつする。

必ず全員にあいさつし、全員から「おはようございます」とあいさつを返してもらう――それが、わたしたちあいさつ係の仕事。

簡単な仕事だけど、1か月前のわたしにとっては難題だった。

♥
♥
♥

1か月前――あいさつ係の初仕事の日、わたしはガチガチに緊張していた。

なんたってわたしは、物心つく前から11歳の現在に至るまで、ずーっと人見知り。

だから、みんなにあいさつする係なんて絶対やりたくなかった。

なのに、係決めのジャンケンで負けて、やるはめになってしまった。

それに比べてイノウエくんは、自分からあいさつ係に立候補し、そのうえ、初対面のときから「よろしく、サエキッチ」と、わたしの苗字の「サエキ」に「ッチ」を勝手に追加して――まあとにかく、陽気な性格だった。

そんな性格だから、わたしの初仕事ぶりを見て、あっけらかんといった。

「ねえ、サエキッチ。もっとでかい声であいさつしなきゃ聞こえないよ」

「む、無理……」

とこたえるだけで、わたしはいっぱいいっぱい。

するとイノウエくんは「ふうん」とうなずき、唐突に切り出した。

「じゃ、特訓だ。おれが先にあいさつするから、サエキッチはあとからおれのまねしてあいさつしてよ」

「特訓って……それだけ？」

恐る恐るたずねるわたしに、イノウエくんは再びあっけらかんといった。

「うん。声がでかいおれのまねしていれば、サエキッチもその内でかい声出せるようになるよ」

あの日のわたしと、１か月後の今のわたしは、違う点がふたつある。

ひとつは、特訓のおかげで大きな声――みんなに比べたらまだ小さめの声だけど――を出せるようになったこと。

もうひとつは、イノウエくんを好きになったこと――イノウエくんの明るさや優しさに惹かれて、気づいたら好きになっていた。

だから今、わたしは、あいさつ係の仕事をしているときがいちばん幸せ。好きな人と一緒にいられるのも、クラスのみんながあいさつを返してくれるのも、すごく楽しい。


でも――ミウラさんのことだけは、少し気がかり。

だってイノウエくんが、ミウラさんにやたらとつっかかるから。

クラスのみんなが「おはようございます」とあいさつを返してきても、イノウエくんはなにもいわない。

ところがミウラさんには「はい、やり直し」と必ずいう。

係活動のルールに、『あいさつ係は、元気のないあいさつをした人に、やり直しをさせることができる』というのがある——だけどミウラさんは、クラスの中でも目立つくらい明るい子で、いつも元気なあいさつをしてくれる。

なのに、なぜやり直しをさせるのかというと、イノウエくんいわく、

「だってミウラは、人の3倍くらい元気だから。あいさつも人の3倍くらい元気じゃないとだめなんだよ」

ということらしい。

そんな無茶苦茶（むちゃくちゃ）な理由をいわれてもミウラさんは、

「あっそう、わかった。じゃあ人の3倍元気にあいさつしたら、もう二度とやり直しさせないでよね」

なんて、ひるむことなくいい返した。

おかげでふたりは毎朝「だめ、やり直し」とか「今のは他の人より3倍元気だった」とか、大騒（おおさわ）ぎしているんだ。

イノウエくん、わたしが緊張（きんちょう）してるときは親切にしてくれたのに……どうして

ミウラさんには、あんなに厳しくするんだろう。

わたしは不思議でたまらず、本人にきくことにした。

朝、ふたりでドアの前に立ち、まだ誰も登校してこない内に切り出す。

「ねえ、イノウエくん。どうしてミウラさんには厳しくするの？」

「えっ。おれ、厳しくしてるように見える？」

「見えるよ。ミウラさんにだけあいさつやり直しさせてるじゃん」

「うーん。あれはなんていうか……好きだとつい、ちょっかい出したくなるんだよな」

とイノウエくんが頰を赤らめて打ち明け、わたしはぎょっとした。

「ええっ、イノウエくん、ミウラさんのこと好きなのっ？」

「そんな驚かないでよ、あはは」

イノウエくんは照れ笑いをし、そのあとすぐ、真顔に戻っていう。

「けど、ちょっかい出しすぎるのもよくないよな。そろそろやめにしないと」

などと話している内に、みんなが登校してきた。

わたしはいつもどおり「おはようございます」とあいさつをする。

でも、イノウエくんがミウラさんを好きだというのがショックで、完全に放心状態。

だからミウラさんがやってきて、

「今日はあいさつパスさせて」

といったときも、わたしはうんともすんともいえず、かわりにイノウエくんが、

「だめだめ。パスなんてなしだよーん」

と冗談っぽくこたえた。

するとミウラさんは「パスだっていってるでしょ！」と冷たく突き放し、立ち去ってしまった。

「なんだよあいつ。機嫌悪いな」

イノウエくんはきょとんとしてそういった。

けど、ミウラさんが悪くしてるのは機嫌じゃなく、体調だった。

それが判明したのは、4時間目の体育の授業のとき。

ミウラさんが青い顔で、

「先生、見学させてください。じつは朝からお腹痛くて……」

と申し出た。

先生が「じゃあ保健室で休んでなさい」といい、そのままミウラさんは保健室へ行ってしまった。

そっか。ミウラさん、体調が悪いから、あいさつパスしたがってたんだ……なのにイノウエくん、「だめだめ」なんていっちゃって、まずかったかもな。

と思っていたら、どうやらイノウエくんも同じことを思っていたようで、昼休みにわたしの元へ来て、

「おれ、ちょっと保健室行って謝ってくる」

小声でそう告げ、教室を出ていった。

大丈夫かな。

ミウラさん、許してくれるかな……と、わたしはひそかに心配した。

そのあと、5時間目が始まるときに「ミウラは早退することになった」と先生が告げ、結局イノウエくんとミウラさんがどうなったのか、わからずじまいだった。


そして放課後、イノウエくんが再びわたしの元へ来て、鼻息荒く打ち明けた。

「聞いてよ、サエキッチ。おれ、ミウラと付き合うことになっちゃった」

え？

なにそれ……。

わたしは唖然とする。

びっくりしすぎて、声が出ない。

いっぽうイノウエくんは、ハイテンションでしゃべり続ける。

「おれ昼休みに、保健室行ったじゃん？　あのとき、ちょうど保健の先生がいなくてさ、ミウラとふたりきりになっちゃって」

「…………」

「で、今朝のこと謝るついでに……ってわけじゃないけど、まあなんかその場の勢いでさ、『今までちょっかい出してたのは、好きだからだ』っていっちゃったんだよ」

「…………」

「そしたら、ミウラもおれのこと……」

「へえ、そっかあ、おめでとう！」

とわたしはイノウエくんの話をさえぎって叫んだ。

ずっと喉の奥で声が詰まって、あいづちすらうてずにいたけど、

「付き合えることになってよかったね。うん、ほんとによかった、よかった！」

無理やり引っ張り出した声で一息にそうまくしたてた。

そして、「じゃあねっ」と逃げるように教室を飛び出す。


ああ、よかった。

今日一日であっというまに失恋できて、ほんとによかった。

望みのない恋を続けるより、失恋したほうがよかったに決まってる。

なんて、心の中でしつこく「よかった」を繰り返し、わたしは全速力で走った。

♥
♥
♥

その夜、ベッドに入ったら突然、じわっ……と涙が出そうになった。

悲しくなんかない。

失恋したほうがよかったんだから――とわたしは改めて自分にいい聞かせ、かたく目を閉じる。

だけど、うまく寝付けない。

うとうとすると目が覚め、またうとうととしては目が覚め……それをしつこく繰り返し、何度も寝返りをうっていたら、

「眠れないみたいだね」

と、いきなり話しかけられた。

見ると、なぜか枕元にうさぎがいて、わたしと目が合うなり、あいさつしてきた。

「こんばんは。ぼく、シルク」

「ええっ？」

とわたしは一瞬パニックに陥ったけれど、すぐに冷静さを取り戻した。

なんだ、夢か……うとうとしてる内にいつのまにか眠っちゃったのね。

なんて思っていたら、シルクがふいに切り出した。

「きみさ、泣くの我慢してるから、眠れないんだよ」

「は？　なにいってんの？　急に」

ぽかんとするわたしに構うことなく、シルクは続ける。

「とぼけなくていいよ。失恋して、悲しいんでしょ？　そういうときは我慢しないで思いきり泣いちゃえばいいのさ」

どうして失恋したこと知ってるの……なんて、考えるだけむだか。

ここは夢の中なんだから、なんでもありなんだ。

わたしはそう観念し、こたえる。

「我慢なんかしてないよ。失恋したってわたしは悲しくないし、泣きたくもないの」

「えー、そうなの？」

とシルクは不満げな声をこぼしたあと、いった。

「じゃあ、なんか泣ける本持ってる？　お勧めのやつあったら教えてよ」

「泣けるといえば……これ！」

とわたしは迷わず本棚から絵本を１冊取り出す。

この絵本で描かれているのは、主人公と犬の友情。

犬は年老いて死んだあとも、幽霊になって主人公を守り続けて――ほんとに泣けるんだ。

シルクはわたしから絵本を受け取り、「よーし」と声をあげる。

「今からこの絵本を読んで、**涙活**しよう！」

「ルイカツ？　なにそれ？」

「**涙活っていうのは、意図的に涙を流す活動のことだよ。涙を流すと、ストレス解消になるからね。**感動する映画を見たり、本を読んだりして、わざと泣くんだ。そうして思う存分泣くと、すごくすっきりして――」

と、説明しながらシルクは絵本をぺらぺらめくり、

「うわーん、なにこれ、すっごい悲しいよ！」

なんて、早速泣きだしてしまった。

「あはは。泣くの早すぎ」

わたしはつい笑ってしまう。

だけど、シルクの目から大粒の涙がぽろぽろこぼれるのを見ていたら、次第に自分の目にも涙があふれてきて、がばっと枕に顔を押しつけた。

「やめてよっ。もらい泣きしちゃうじゃん！」

「やめてっていわれても、止まらないよー！」

などといい合いながら、わたしとシルクは泣いた。
ふたりそろって、いつまでもいつまでも泣き続けて――。

ピピピピピ――！

目覚まし時計の音で、わたしは目を覚ました。
ああ、なんかへんな夢見ちゃった。
しゃべるうさぎと一緒に泣く夢なんて……。
と思いながらベッドを出て鏡の前へ行き、自分の顔を見てぎょっとした。
まぶたがパンパンに腫れてる！
まさかわたし……ほんとに泣いたの？
シルクはもうどこにもいないし、涙活したのが夢だったのかどうかわからない。
でも間違いなく、気分はすっきりしている。

勢いよくカーテンを開け、まぶしい朝日を浴びたら、
きっとまた新しい恋に出会える——ふと、そんな予感がした。

第5話

甘(あま)い スタイル

中休み。あたしの席のそばで男子数人がふざけあい、大きな声をあげていた。

その中のひとりが、

「あ、オオキくんがノート書き始めた」

とふいにいいだし、男子たちはひそひそと、

「やばっ。おれたちうるさくしたから、名前書かれたかも」

「こえー。逃げようぜ」

なんていって、足早に教室から出ていってしまった。

オオキくんというのは、窓ぎわのいちばん後ろの席に座っている男子だ。

6年2組の中でいちばん背が大きくて、「オオキ」という名前がまさにぴったり。

オオキくんは無口なタイプで、誰ともつるまず、休み時間はひとりでノートになにかを書いていることがよくある。

クラスのみんなは、

「オオキくんはあのノートに、気に入らないやつの名前を書いている」

とか、

「名前を書かれたら、いつかオオキくんにぶん殴られる」

とか、好き勝手にうわさしてる。

今、男子たちが逃げていったのも、そのうわさのせいだ。

でもそのうわさ、ほんとなのかな？

みんな「オオキくんは怖い人」と決めつけて、好き放題いってるけど……ほんとはそんな人じゃないのかも。

なんて、あたしはひそかに思っている。

そう思うようになったきっかけは——。

♥　♥　♥

3日前。

遠足で、だだっ広い森林公園に行った。

そこの芝生広場で、

「これから自由時間にします。まず、お弁当やおやつを食べてください。全部食べ終えた人から順に、遊びに行っていいですよ」

と先生がいい、みんな大急ぎで食べ始めた。

その公園には、ターザンロープとかローラー滑り台とか、珍しい遊具がたくさんあったから、みんな早く遊びたくて仕方なかったんだ。


けどあたしは、遊具になんか興味なかった。

正直、体を動かして遊ぶのは得意じゃない。

だってあたしはぽっちゃりした体型で、運動音痴だから。

あたしが得意なのは、食べること。

小さいころから食いしん坊で、甘い物には目がない。

まあそういうタイプだから、あたしは友だちに「あたしのことは気にしないで、行っていいよ」と告げ、お弁当とおやつをのんびり食べた。

その内にみんなどこかへ遊びに行き、やがて誰もいなくなった……。


かと思ったら、いた。

オオキくんがひとりで座って、クッキーをかじっている。

しかも、そのクッキーがくまの顔の形をしたやつだったから、

「わあ、なにそれっ」

あたしは叫び、オオキくんに駆け寄った。そして、

「かわいいー、こんなの初めて見た」

とはしゃいでいたら、オオキくんがぽつりといった。

「よかったら……ヒビノさんも食べる？」

「食べる！」

とこたえつつ、あたしは驚いていた。

オオキくんがクッキーを勧めてくれたのも、一度もしゃべったことないのに、

あたしの名前を知っていたのも、意外で。

そのあと、もらったクッキーを食べてさらに驚いた。

「おいしいっ。これ、どこで買ったの？」

「買ってない……自分で作ったやつだから」

オオキくんが恥ずかしそうにこたえ、あたしは大コーフン。

「ええー、すごいっ。あたし、これ、もっと食べたい！　また今度作って、学校に持ってきてよ」

「で、でも、学校にお菓子持ってくの禁止だし……」

とまどうオオキくんに、あたしは強引に頼みこんだ。

「平気、平気、ばれないように受け取るから。ねっ、お願い！」

❤
❤
❤

——なんていう出来事があったから、あたしはオオキくんを怖い人だとは思わなくなった。

だって、実際に話してみたら、ちっとも怖くなかったし。

それに、あたしが無理なお願いをしても、「嫌」とはいわなかった。

でも、あれから3日経った今も、オオキくんはなにもいってこない。

あんな無理やりすぎるお願い、スルーされても仕方ないか……と、あきらめかけていたら、そのあと、予想外のことが起きた。

昼休みにオオキくんがあたしの席の前をすーっと通り過ぎ、その瞬間、机にメモを置いていった。

中を見たら、

『クッキー持ってきたけど、どうすればいい？』

と書かれていて、あたしは喜ぶより先に、慌てふためいた。

やばい。

どうすればいいか、あたしも全然考えてなかった。

「ばれないように受け取る」なんて、堂々といっちゃったのに！

ダッと一目散に教室を飛び出し、学校じゅうを駆け回って、ひとけのない場所を探した。

昼休みの校内はどこもにぎわっていたけど、校舎裏だけはしんと静まり返っていた。

それであたしは昼休みが終わる直前に、

『放課後、校舎裏にクッキー持ってきて』

と大急ぎでメモを書き、オオキくんの席に置いたんだ。

♥ ♥ ♥

帰りの会が終わると、あたしはすぐさま校舎裏を訪れた。

昼休みと同じく静まり返っていて、誰も来そうにない。

けど、万が一のときのことを考えて、校舎裏の片隅にある物置の裏側に行ってみた。
　そこは完全に死角になっていて、もし誰かが来ても、絶対にばれない場所だった。
　よし、ここなら大丈夫――と確信したところで、オオキくんがやってきた。
「こっち、こっち」
　とあたしは手招きし、ふたりそろって物置の裏側に身をひそめる。
　すると早速オオキくんが、
「はい、これ。待たせてごめん……おれもさ、毎日お菓子作るわけじゃないから……」
　といって、水色の小さなトートバッグを差し出してきた。
　ああ、なるほど。
　だから3日間、なにもいってこなかったんだ。
　あたしは納得しつつ、「こっちこそ無理いってごめん」とこたえ、バッグを受け取る。

しょっぱなから謝り合って、なにやら暗いムードに……なんて、ちっともならなかった。

バッグの中を見たら、猫の顔の形のクッキーが入っていたから、

「わあ、今度は猫だねっ。いただきまーす！」

とあたしは一気にハイテンションになり、クッキーを頬ばった。

それがまた、たまらなくおいしくて、

「はあー。すごいね、オオキくん。どうしてこんなの作れるの？」

なんて、ため息まじりにたずねる。

オオキくんは数秒間口ごもり、そのあと思いきったように切り出した。

「じつはおれ、お菓子作りが趣味でさ。いっつもレシピ考えてて、思いついたらすぐノートに書くように……」

という話の途中で、あたしは「あっ」と声をあげた。

だってそのノートは、みんなが好き勝手にうわさしてるやつにちがいないから。

あたしはうわさのことをオオキくんに教え、アドバイスする。

「みんなにちゃんと説明したら？　このままじゃ、誤解されっぱなしだよ」

「いや、いいよ別に。みんなにはどう思われても」

とオオキくんはこたえ、照れくさそうに続ける。

「そのかわり、ヒビノさん……またおれのお菓子食べてくれる？」

意外な頼みにあたしは驚きつつ、でもそれ以上にうれしくて、即答した。

「もちろん。そんなの、こっちから頼みたいくらいだよ」

♥　♥　♥

オオキくんが水色のトートバッグを持っている日は、お菓子を持ってきている日。

だからその日は、放課後に校舎裏で落ち合う——と、ふたりで決めた。

あたしは、オオキくんがそのバッグを持っているかどうかチェックするのが、毎日の楽しみになった。

オオキくんはいろんなお菓子を作ってきてくれた――生菓子を学校に持ってくるのは無理だから、焼き菓子だけだけど――カヌレとか、マドレーヌとか、カップケーキとか、どれも全部おいしくて、

「こんなにおいしいの、あたしばっかり食べちゃっていいの？」

とあたしはきいた。

するとオオキくんは、

「うん、気にしないで。おれ、今まで自分のお菓子、家族にしか食べてもらったことなかったから……食べてくれる人ができてうれしいんだ」

なんて、笑顔でこたえてくれた。

気にしないで――といわれても、じつは最近、ウエストが気になってる。

少し前まで普通に穿けていたスカートやズボンが、ビミョーにきつい感じがする。

まさか……と不安になり、夜、家で体重計にのってみたら、

「ひえぇーっ！」

と悲鳴をあげてしまうくらい、急激に太っていた。

やばい……もうのんきにお菓子食べてる場合じゃない。

猛烈な危機感に襲われ、あたしはダイエットを決意した。

♥　♥　♥

次の日。

オオキくんはトートバッグを持ってきていなかったけど、あたしはオオキくんの机の上に、

『話があるから放課後、校舎裏に来て』

と書いたメモを置き、呼び出した。

そして放課後、いつものように物置の裏側で顔を合わせるなり、あたしは告げ

た。

「あたし、これからはもう、お菓子もらえない。ダイエットすることに決めたから」

「ええっ？」

とオオキくんは目を丸くし、続ける。

「別に、ダイエットなんかする必要ないと思うけど……」

「する必要あるのっ。すんごい太っちゃったんだから！」

あたしがむきになっていい返しても、オオキくんは引き下がらない。

「でも……おれはもっと、お菓子食べてもらいたいんだ」

「オオキくんは、自分のお菓子を食べてくれる人が欲しいだけでしょ。そんなのあたしじゃなくても、誰だっていいじゃん」

「ちがう。そうじゃ……」

「まあまあ。落ち着いてよ、ふたりとも」

突然、聞き覚えのない声が響き渡り、オオキくんの話をさえぎった。

あたしもオオキくんも、とっさに辺りを見回す。

「上だよ、上」

という声が再び響き、見上げると、物置の上に白いうさぎがいた。

なんと2本脚で立ち、しかも、

「こんにちは。ぼくはシルク」

なんて、さわやかにあいさつしてきた。


しん……と沈黙が訪れる。

人間ってびっくりしすぎると、声が出なくなるみたい。

あたしもオオキくんも口を半開きにして、突っ立っていることしかできない。

「ねえ、いいこと教えてあげる」

とうさぎ——ていうか、「シルク」だっけ？　——は楽しげに語りだす。

「昔はさ、食料難になることが多くて、やせた人が多かったんだ。そんな中、太った女の人は裕福の象徴で、すごくモテたんだって——だからね、ヒビノさん」

とシルクはあたしに呼びかけ、

「きみはダイエットなんかする必要ないって、ぼくも思うよ」

そう話を締めくくった。

そして「じゃあねー」といいながら、物置の横にある木に飛び移り、あっというまに姿を消してしまった。

「な……なに、今の」

と、あたしはようやく声が出るようになり、まくしたてる。

「本物のうさぎじゃないよね？　作り物？　おもちゃとか、ロボットとか？　まさか、うさぎの幽霊？」

「さあ。なんにしても、悪いやつではないと思うよ」

オオキくんはそうこたえ、続ける。

「だってあいつ『ダイエットなんかする必要ない』って、おれと同じこといってたし」

って。謎のうさぎの存在にはお構いなしで、ダイエットの話を蒸し返すオオキくんに、あたしは少しあきれていい返した。

「オオキくん、やたらしつこくダイエットに反対するね」

「うん。だっておれ、好きなんだよ、ヒビノさんが……」

オオキくんはなにげなくそういいかけ、顔を真っ赤にして口走る。

「……お菓子食べてるところ見るのが！」

え？

それって……あたしが好きってこと？

それとも、お菓子食べてるところ見るのが好きなだけ？

どっちかわからない。

けど、あたしは小さく鼻を鳴らして、

「ふうん。じゃ、これからも食べてあげようかな」

なんて、つい偉(えら)そうにいっちゃった。

ほんとはすごくどきどきしてるくせに。

左の横顔

わたしは4年生のときから2年連続で、絵画クラブに所属している。

クラブ活動の日は、月に2回。

活動内容は——図工室でデッサンをしたり、水彩画を描いたり、みんなで外へ行ってスケッチをしたり——まあとにかく、絵を描くってこと。

クラブ活動の時間が、今わたしにとっていちばん楽しい時間。

だって、小さいころからずっと、絵を描くのが好きだし……それに、好きな人と一緒に絵を描けるんだから。

♥
♥
♥

わたしが好きな人は、シバ——苗字が「シバタ」だから、みんなにそう呼ばれている。

シバは、3年生のときのクラスメイトだ。

4年生になってクラスがわかれ、会う機会が減ったけど、すぐに絵画クラブで再会した。

あれは、1年前。

初めてクラブに参加した日のこと――。

図工室で、クラブの顧問の先生が、

「席は自由です。好きなところに座ってください」

といい、わたしはどこに座るか悩んでしまった。

だってここには、知り合いがひとりもいない。

クラスで仲のいい友だちは「ごめん。あたし、絵描くの興味ないの」といって、別のクラブに入ってしまったから。

どうしよう。

知らない人の隣に、いきなり座っちゃってもいいのかなあ……とわたしが迷っている内に、周囲の人たちはどんどん座っていってしまう。

するとふいに、

「よう、ヤナちゃん」

と声をかけられた――ちなみにわたしは苗字が「ヤナギダ」だから、みんなにそう呼ばれている。

声をかけてきたのはシバで、わたしはまっさきに「えっ、なんでいるの、シバ」といってしまった。

だって、シバは3年生のときに「絵描くの嫌い」といっていた――。

わたしがそれを聞いたのは、シバと同じ給食の班だったとき。

ある日、班のメンバー全員で給食を食べながら、趣味の話になった。

わたしは迷うことなく「絵を描くのが趣味」と話し、班のみんなは「ヤナちゃん、絵描くの得意だもんね」とか「図工のとき、絵描くとチョーうまいもんな」とかいって、ほめてくれた。

シバはまず最初に、

「おれは絵描くの嫌い」

といい、そのあと続けて、

「だってむちゃくちゃ下手なんだもん。ヤナちゃんみたいにうまく描けるの、うらやましいよ」

といった。

その出来事をわたしははっきり覚えていたから、

「絵描くの嫌いなのに、なんで絵画クラブに入ったの？」

ずばり、そうきいた。

シバは「だってさあ……」とくちびるをとがらせて、打ち明ける。

6歳の弟に「ゾウの絵を描いて」とせがまれ、描いてあげたら「カバみたい」と笑われた。

しかも、お父さんとお母さんまで一緒になって「それはカバだ」と笑った——

そんな事情を打ち明け、

「笑い物にされたままじゃ悔しいじゃん？　だからおれ、絵画クラブで絵の腕を上げることにしたんだ！」

とシバは鼻息荒く締めくくった。

そして、真剣な顔でわたしに頼む。

「ヤナちゃん、絵うまいから、いろいろ教えてくれよ」

こんなに真剣なシバを見るの、初めてかも……。

わたしは少し驚きつつ「うん、いいよ」とこたえ、

「じゃあ、一緒に座ろうか」

となにげなくいった。

そして、目の前の空いてる席に座ろうとしたら、

「待って。ヤナちゃんはこっちの席にして。おれがそっち座るから」

シバがそういい、わたしを右側の席に移動させ、自分は左側の席に移動した。

なぜわざわざそんなことをするのか、わたしにはさっぱりわからず、理由をきいたら、

「ヤナちゃん、右利きでしょ？　おれ、左利きだからさ。おれが右側に座っちゃうと、絵描くときに肘がぶつかって、じゃまになっちゃうんだよ」

とシバは説明してくれた。

へえ。シバって案外優しいんだ。そんな気遣いしてくれるなんて……。

わたしは再び驚き、その瞬間から、シバのことを「なんかいいな」と思うようになった。

♥ ♥ ♥

「なんかいいな」という気持ちが「好き」という気持ちに変わったのはいつなのか、自分でもわからない。

正直、最初の内は、シバの絵の下手さ――ひまわりを描けばタンポポみたいになり、ウマを描けばタヌキみたいになる――に手を焼き、うまく描けるように教えるだけで精一杯だった。

でも、シバがいつも自分から左側に座ってくれたり、下手でも一生懸命絵を描いたりする姿を見続ける内にだんだん惹かれていき、4年生最後のクラブ活動の

日には、

「シバさあ、5年生でも絵画クラブに入れば？　だいぶ絵が上達してきたから、やめちゃったらもったいないよ」

と誘った。

そのときにはもう「好き」と自覚していたから、あえて誘ったし、

「もちろん、いわれなくても入るつもりだよ」

とシバがこたえてくれて、たまらなくうれしかった。

そのあと、5年生に進級するときのクラス替えで、残念ながらシバとはまた同じクラスになれなかったけど——クラブのある日は、一緒に絵を描ける。

みんなで輪になって座ってデッサンをするときも、机で水彩画を描くときも、外でスケッチをするときも、左側にはシバが必ずいてくれる。

それだけで、わたしは充分満足だった。

♥
♥
♥

今日は、描き途中の絵を仕上げちゃおう――。

ある日の放課後、わたしはそう思い、図工室へ向かった。

週に1度、放課後に図工室が開放され、絵画クラブの部員は自由に利用していいことになっているんだ。

廊下を進み、図工室のドアの前まで行くと、

「うそっ、ほんとに？」

「うん。もちろんほんとさ」


という話し声が聞こえてきた。

最初に聞こえたのはシバの声だったけど、あとから聞こえたのは知らない声。

幼い男の子みたいな声だった。

誰と話してるんだろう……？

わたしは気になって、そっと図工室を覗いた。

中にいるのは、シバと白いうさぎ。

なにあれ。

ぬいぐるみ……だよね？

本物のうさぎが図工室にいるはずないし。

困惑しつつ見ていたら、「もっと詳しく教えてくれよ」とシバがいった。

わあ、ぬいぐるみ相手に話してる！

シバってば、かわいい。ふふふ。

声に出して笑いそうになるのをこらえ、わたしは様子をうかがい続ける。

「あのね」

とぬいぐるみがしゃべりだす。

さっき聞こえたのは、この声だ。

どうやらおしゃべり機能付きのぬいぐるみらしい。

「人間の顔の左側は、感情が出やすい『本音の顔』といわれているんだ。だからきみも、好きな子に顔の左側を見せれば、『好き』って本音に気づいてもらえるかもよ？」

ぬいぐるみがすらすらと語り、シバは「なるほど」とうなずいて、告げた。

「じゃあおれ、今度試してみるよ」

その言葉を聞き、わたしは反射的に駆けだした。

無我夢中で走りながら、
シバに好きな子がいるなんて、知らなかった……なのにわたし、勝手に好きになって、ひとりで満足して……ばかみたい。

と、めちゃくちゃ落ちこんでしまった。

そして、次のクラブ活動の日。
わたしはまだ落ちこんでいて、ぼーっと上の空で絵を描いていた。
するとふいに、右肘がシバの左肘にぶつかり、
あれ……？

シバが右側に座ってる。
と、そのとき初めて気がつき、同時にはっとした。
もしかしてシバ、左側の顔をわたしに見せようとしてる？

もし……万が一、そうだとしたら、シバの好きな子は……。

ごくりと息を飲み、シバの横顔を見つめる。
その横顔から「好き」という本音がなんとなく伝わってきたような気がして、
どうか気のせいじゃありませんように——。
わたしは心の中でそう祈りながら、シバの横顔を見つめ続けた。

第7話

831

朝、席に着いて、ランドセルから出した教科書やノートを机に入れようとしたら、見覚えのない封筒が机の中に入っていた。

それを見ても、あたしは別に驚かない。

机に手紙を入れられることはしょっちゅうあるから、もう慣れっこ。

ちなみに、下駄箱やロッカーに入れられることはめったにない。

うちの学校の下駄箱とロッカーは扉付きじゃないから、中に手紙を入れると丸見えになる。だからみんな、机に入れるのだろう。


はあ、またか……。


ため息をこぼしつつ、封筒を手に取ってみる。

オモテ面に書かれてる『イマイ　スズカ様へ』というのはあたしの名前。

で、ウラ面に書かれてる『コンドウ　ダイキより』というのは知らない人の名前だ。

封筒を開け、便箋を読んでみると、

『はじめまして。ぼくはコンドウ　ダイキといいます。突然お手紙を出してすみません』

というあいさつで始まり、そのあとは、ああだこうだといろいろ書いてあるけど適当に読み流して――最後は、

『イマイさんのことが好きです。よかったら返事をください』

という一文で締めくくられていた。


はあ、やっぱりラブレターだ……。

とあたしは再びため息をこぼしてしまう。

正直もう、うんざり。

小学校入学以来、6年生の現在に至るまで、数えきれないほどたくさんのラブレターをもらったから。

どれだけたくさんもらおうが、あたしは返事をせずにスルーする。

ラブレターの中には「好き」と直接書かず、「○月○日の○時に、○○へ来てください」と書いて、呼び出してから「好き」と告白しようとするパターンもあるけど、それも容赦なくスルー。

だって、うちの学校に、あたしに似合う人がいるわけない。

チョーかわいいあたしに似合うのは、チョーイケメンで、そのうえ大金持ちで、優しくて、背が高くて、成績優秀な、ハイスペック男子だけ。

ついでにいわせてもらうと、あたしが「チョーかわいい」というのは、うぬぼれでもなんでもなく、まぎれもない事実。

幼稚園で初めて告白されたときは「スズカちゃん、顔がかわいいから好き！」とはっきりいわれたし、町を歩いているときは通りすがりの人たちに注目され、「今の子見た？　チョーかわいい」とささやく声もよく聞くし。

ああ、それと、クラスの女子たちが「イマイさんって顔はかわいいけど、性格悪い」と陰口をいっているのも、聞いたことがある。

あたしは男子にモテる分、女子にはひがまれ、嫌われてる――まあ、それはど

郵便はがき

料金受取人払郵便

小石川局承認

1159

差出有効期間
2026年6月30日まで
（切手不要）

112-8731

東京都文京区音羽二丁目
十二番二十一号

講談社
児童図書編集　行

愛読者カード　今後の出版企画の参考にいたしたく存じます。ご記入の上ご投函くださいますようお願いいたします。

お名前

ご購入された書店名

電話番号

メールアドレス

お答えを小社の広告等に用いさせていただいてよろしいでしょうか？
いずれかに○をつけてください。　〈YES　NO　匿名ならYES〉

TY 000049-2405

この本の書名を
お書きください。

あなたの年齢　　歳（小学校　年生　中学校　年生　高校　年生　大学　年生）

●この本をお買いになったのは、どなたですか？

1. 本人　2. 父母　3. 祖父母　4. その他（　　　　）

●この本をどこで購入されましたか？

1. 書店　2. amazon などのネット書店

●この本をお求めになったきっかけは？（いくつでも結構です）

1. 書店で実物を見て　2. 友人・知人からすすめられて
3. 図書館や学校で借りて気に入って　4. 新聞・雑誌・テレビの紹介
5. SNS での紹介記事を見て　6. ウェブサイトでの告知を見て
7. カバーのイラストや絵が好きだから　8. 作者やシリーズのファンだから
9. 著名人がすすめたから　10. その他（　　　　）

●電子書籍を購入・利用することはありますか？

1. ひんぱんに購入する　2. 数回購入したことがある
3. ほとんど購入しない　4. ネットでの読み放題で電子書籍を読んだことがある

●最近おもしろかった本・まんが・ゲーム・映画・ドラマがあれば、教えてください。

★この本の感想や作者へのメッセージなどをお願いいたします。

うでもいいとして。

あーあ。全然ハイスペックじゃない普通の男子がラブレターくれても、全然うれしくないいんだけど。

ていうか、むしろ迷惑……。

なんて思っていた矢先に、あたしはその迷惑な現場を目撃してしまった。

❤
❤
❤

ある日の放課後。あたしは図書室で本をパラパラとめくっていた。

読書なんて別に好きじゃないし、ほんとは早く家に帰ってのんびりしたい。けど今日はうっかり家の鍵を忘れてきてしまったから、お母さんが仕事から帰るまで家に入れない。

で、仕方なく図書室で時間をつぶしているだけ。

ふあー、退屈。早く時間が経たないかな。

とあくびを繰り返す内に、ようやくお母さんが帰る時間になり、あたしは待ってましたとばかりに図書室を出た。

そして、教室にランドセルを取りに行ったら――。

見てしまったんだ。

クラスメイトの男子が、あたしの机にこっそり手紙を入れ、去っていくのを。

あれはたしか……ウチムラくんだっけ？

すぐに名前を思い出せないくらい、ウチムラくんは目立たないタイプ。

いつもおとなしくて、あたしとしゃべったことなんか、ほんの数回しかないはず。

あんな地味な男子でも、ラブレターくれたりするんだ。

まったくもう、ほんとに迷惑なんだから……。

と、思いつつ、ウチムラくんが置いていった手紙を机から出す。

封筒にはなにも書いてない。

宛名も差出人の名前も一切なし。仕方なく便箋を取り出し、開いてみると、そ

こに書かれていたのは、

８３１

たったそれだけ。

便箋の真ん中に、３つの数字が並んでいるのみ。

えっ、なにこれ……ラブレターじゃないじゃない！

そう気づくと同時に、あたしはランドセルをひっつかみ、教室を飛び出した。

一目散に廊下を走り、下駄箱まで行くと、

「ちょっとお！　なんなのよ、これ！」

と叫び、そこにいたウチムラくんの鼻先に手紙を突きつけた。

ウチムラくんはカーッと顔を真っ赤にして、小さな声でこたえる。

「な……なんでもない……」

「なんでもないって……ただのいたずらってこと？」

あたしの質問にこたえず、ウチムラくんは「ごめんっ」といい、猛スピードで走っていってしまった。

なにがごめんよ！

こんないたずらして……謝ったって、許してあげないんだから！

あたしは完全に腹を立て、手紙をランドセルにつっこんだ。

♥ ♥ ♥

次の日。朝の会のとき、担任の先生が思いもよらぬ発表をした。

「突然のお知らせで申し訳ないけど……ウチムラくんが転校した。急な家庭の事情でな、昨日の夕方に、引っ越していったんだ」

「ええーっ」

とみんな一斉にどよめき、その中で誰かが、

「先生、なんでもっと早く教えてくれなかったんですか」

と声をあげた。

「ウチムラくんに頼まれたんだ。『大ごとにしたくないから、ぼくが転校するまでみんなにはいわないでください』って……でも、このままお別れなんてやっぱり寂しいよな」

先生はそうこたえ、さらに続ける。

「だからみんなで、ウチムラくんに手紙を書こう。短いメッセージでもいいから、今日の放課後までに提出してくれ。そしたら先生、みんなの手紙をまとめてウチムラくんの引っ越し先に郵送するから」

はあ？

あんないたずらされたのに、なんで手紙なんか書かなきゃならないの！

あたしは納得がいかず、放課後になっても手紙は提出せずに、さっさと下校した。

だけど――どうしても気になることがあって、ランドセルにつっこんであった手紙を引っ張り出し、それをまじまじ眺めながら歩いた。

結局この「831」って数字はなんだったんだろう。

「なんでもない」ってウチムラくんはいったけど……もしかしたら、なにか意味があるのかも。うーん……。

なんて考えこんでいたら、ふいに視線を感じた。

見ると、民家の塀の上に白い猫――じゃなく、白いうさぎがいて、こっちをまじまじと見下ろし、

「あ、その手紙、ラブレターだね」


といった。

あたしは「うさぎがしゃべった！」と驚くより先に、「ラブレター」という言葉に食いつき、声をあげる。

「ラブレターって、どういうこと！」

「まあまあ、落ち着いて。まずは自己紹介。ぼくはシルクだよ」

塀からぴょんと下り、うさぎ――改め、シルク――がいう。

のんびりした口ぶりに、あたしはもどかしくなった。

「自己紹介なんかいいから、ラブレターってどういうことか教えてよ」

「うん。じゃあ、なんか書くもの貸して」

だしぬけにそう頼まれ、あたしはランドセルからノートと鉛筆を出し、シルクに渡した。

シルクは前脚で器用に鉛筆を持ち、『I　LOVE　YOU』とノートに書く。

「ほら見て。**『I　LOVE　YOU』という言葉は、全部で8文字あって、3つの単語が並んでるでしょ。で、『愛してる』って、1つの意味がある――だから、『831』といわれているんだ。**英語圏では、メールの文末とかに『I　LOVE　YOU』のかわりに『831』と書くこともあるんだよ」

そう説明し、

「だから、831と書かれた手紙は、間違いなくラブレターさ」

とシルクは話を締めくくった。

「なにそれ……ラブレターなら普通に『好き』って書けばいいのに。どうして『831』なんて書くわけ?」

あたしが首をひねったら、シルクは当然のようにこたえた。

「その手紙を書いた人は、『好き』と書くのが照れくさかったんだよ。だから『831』と書くのが精一杯だったんだろうね」

そっか。

ウチムラくんなりに精一杯、ラブレターを書いてくれたんだ……転校前に、勇気を出して書いてくれたのかもしれない。

なのにあたしは、いたずらだと決めつけて……。

申し訳なさが胸にこみ上げてくる。

あたしはノートと鉛筆を手早く片付け、踵を返して歩きだす。

「どこ行くの?」

と背後から声をかけてくるシルクに、

「学校!」

とだけこたえ、振り向かずに歩き続ける。

学校へ戻って、先生にウチムラくんへの手紙を提出しよう。
書く内容はもう決めた。
『好きなら好きって、ちゃんといいなさいよ』
と、ただひとこと。
そう書けば、あたしが「８３１」の意味を理解したって、絶対わかるはず――
そしたらウチムラくん、チョー驚くだろうな。
あ、でも、ちゃっかり喜んだりして。
なんて考え、ついくすっと笑ってしまう。
全然ハイスペックじゃない、普通の男子のことを考えて笑うのなんか、初めてだ。
でも不思議と嫌な気はしなくて、あたしはひそかに思ったんだ。
こういう自分も、案外悪くないかな――って。

第8話

3年ぶりに出会った君は

わたしは高いところが怖い。

いわゆる高所恐怖症ってやつだ。

高所恐怖症になったのは、3年前――。


その日は両親と一緒に、遠くの町でひとり暮らしをしてるおじいちゃんの家を訪れていた。

おじいちゃんが体調を崩したから、家族そろって駆けつけてきたんだけど、小学2年生のわたしはいまいち状況を飲みこめていなくて、

「あー、つまんない、つまんなーいっ」

と騒ぎだしてしまった。

だって、おじいちゃんは眠ってばかりだし、両親は忙しそうにおじいちゃんの面倒を見るばかりで、ほんとに退屈だったから。

でも両親は、

「なんてこというんだ、メイ！」

「そんなこといったら、おじいちゃんがかわいそうでしょ！」

と眉をつり上げて怒鳴り、わたしは「もういい！」と腹を立て、おじいちゃんの家を飛び出した。

そのあと、行く当てもなく、半べそで歩きまわっていたら、

「ねえ、そこの泣き虫さん」

わたしと同い年くらいの女の子がそう呼びかけてきた。

大きな黒い瞳が印象的な、かわいい子だった。

「泣き虫なんて呼ばないで。メイっていうちゃんとした名前があるんだから」

とまどいつついい返すと、女の子は「あたしはツバサ」とこたえ、ほほ笑んだ。

「で？　どうしてメイはめそめそしてたの？」

「だって、お父さんとお母さんが怒鳴るから……なんか、嫌になっちゃって」

「そういうときは、木登りするといいよ——おいで！」

ツバサは唐突にいい、わたしを神社へ連れていった。

そして、大きなクスノキを指差し、「この木に登るの」といいだす。

なぜいきなり木登りなんてするのか、わたしにはさっぱりわからなかった。

でもツバサに「ほら行こう、引っ張ってあげる」とぐいぐい手を引かれ、あっという間に高い場所まで登ってしまった。

わたしとツバサは太い枝に並んで腰かけ、景色を眺めた。

人も車も家も、みんな小さく見えて、まるで町の模型を眺めているみたい。

「あたし、嫌なことがあったときは、いつもここから景色を見るんだ。すっごいすっきりするでしょ？」

あ、そうか。

ツバサはわたしを元気づけるために一緒に木登りしてくれたんだ――とわかって、わたしはうれしくなった。


その直後、はっと気づいた。

神社のすぐそばの通りに、お父さんとお母さんがいる。

ふたりでせわしなくきょろきょろして、わたしを探しているような様子だ。

「ど、どうしよ……きゃあー！」

わたしは慌てて立ち上がろうとし、あっけなく木から落ちてしまった。

そのあとは、なにがどうなったのかわからなかった。

「しっかりして、メイ！　すぐ誰か呼んでくるから！」

そう叫んで走り去るツバサの姿を、わたしは仰向けに倒れたまま、意識もうろうで見送ることしかできなくて、そのあとほどなく、

「メイ！　メイー！」

と呼びながら両親が駆け寄ってきて――そこでわたしは、完全に気を失ってしまった。


目を覚ました場所は病院だった。

「どうしてあんなところで倒れていたんだ」

と両親に問い詰められ、

「木登りして遊んでて、落ちた」

とわたしは説明した。

ツバサと一緒だったことはいわなかった。

両親が「その子と遊んだせいで、木から落ちたんだ！」とか騒ぎだしそうで、嫌だったから。

幸い、けがは手首のねんざだけで済み、全身くまなく検査をしても、結果はすべて異常なしだった。

体は無事でも、わたしの胸の内は、

あんな別れ方をして、ツバサ、心配してるだろうな……。


という心残りでいっぱいだった。

でもそのあと、わたしは病院からすぐ自宅へ連れ帰られてしまい、しかもその数週間後にはおじいちゃんをわたしの家に引き取ることが決まった。

だから二度とあの町へ行くことはなくなり、結局ツバサとは、そのままお別れになってしまった。

♥
♥
♥

あれから3年経った今も、わたしはしょっちゅうツバサのことを思い出す。

またツバサに会いたいな。

ツバサはいい子だったし、今会えたら絶対友だちになれそうなのに……もう二度と会えないのかも。

なんて考えが頭をよぎると、ついため息をこぼしてしまう。

それともうひとつ、ため息がこぼれるのは、高い場所へ行かなきゃならないとき。

ぶっちゃけわたしは歩道橋を渡るのすら怖くて、学校でも、2階より上の階にいるときは、なるべく窓際に行かないようにしている。

でも、それってちょっと情けないから、両親以外の人にはひみつにしてあるんだけど――。

ある日「屋上給食」という行事が行われることになってしまった。

「屋上からの景色を楽しみながらみんなで給食を食べ、交流を深める」という趣旨の行事らしいけど、わたしにとっては恐怖のイベントでしかない。

とはいえ、「怖いから参加したくありません」というわけにもいかず、我慢して参加した。

でもやっぱり無理だった。

わたしは給食を食べる前に気分が悪くなり、担任のオガワ先生と一緒に屋上をあとにした。

そして保健室へ行くと、保健のソノダ先生がいなくて、

「ベッドで横になってて。すぐにソノダ先生を呼んでくるから」

とオガワ先生はいい、立ち去った。

わたしは誰もいない保健室に入り、カーテンに囲まれたベッドに寝転ぶ。
するとすぐに、カーテンの向こうから、

「大丈夫？」

という声が聞こえ、
あれっ？　ソノダ先生もう来たの？　ずいぶん早いなあ……それに、ソノダ先生ってこんな声だったっけ？
わたしは不思議に思いつつ「大丈夫です」とこたえた。
すると今度は「なんで急に具合悪くなっちゃったの？」という声が聞こえ、
どうしよう。「風邪ぎみ」とかいってごまかそうかな。
わたしは一瞬迷ったけど、やっぱりごまかすのはやめにした。
たぶん、カーテン越しで顔が見えないから、恥ずかしがらずに打ち明ける気になったんだと思う。

「じつはわたし、高所恐怖症なんです。だから屋上にいるだけで、気持ちが悪くなっちゃって……」

「へえ、そっか」

という返事のあと、すらすら語る声が聞こえてくる。

「過去に高い場所で危険な経験をした人は、そのときの記憶が原因で、高所恐怖症を発症することがあるんだ。もしきみもそういう経験をしたのなら、その経験をした場所へ行ってみるといいよ。**自分の目できちんと見て、『怖くない』と思えたら、高所恐怖症を克服できるかもしれない**から」

この声――絶対、ソノダ先生の声じゃない！

わたしははっとし、「誰っ？」といって、カーテンを開けた。

その瞬間に見えたのは、窓からぴょんと出ていく白いうさぎの姿。

な、なに、今の……まさかさっきの声、あのうさぎの？

いや、そんなわけないよね。

うさぎがしゃべるなんて、ありえないもんね。

結局、誰の声かはわからなかった。

でも、あの声がくれたアドバイスは、わたしの心に深く刻まれていた。

♥
♥
♥

次の週末、わたしはあの神社を訪れた。

クスノキのところまで行ってみよう。

あの木を見ても怖くないと思えるかどうか、確かめてみなきゃ。

そう思っているのに、足が進まない。

クスノキに近づけば近づくほど、ひざが震えてきて——やがてわたしは、歩みを止めてしまった。

どうしよう……まだクスノキが見えてもいないのに、もう怖くなってきちゃった……。

と、早速めげそうになり、立ちつくしていたら、

「おい、どうかしたのか」

と背後から声をかけられた。

振り向くとそこにいたのは、わたしと同年代の男の子。

初めて会う人――なのに、男の子の大きな黒い瞳は、なんとなく懐かしい感じがした。

「もしかして、道にでも迷った？　そんなとこにひとりで突っ立って」

男の子にそうたずねられ、わたしは首を振った。

「ううん、迷ってないよ。この先にあるクスノキまで行く途中なの」

「クスノキまで？　なにしに？」

「なにって……怖くないと思えるかどうか、確かめに」

とわたしはこたえ、事情を説明する。

クスノキから落ちたのが原因で、高所恐怖症になってしまった。

それ以来ここには来ていなかったけど、クスノキをきちんと見て、怖くないと思えたら、高所恐怖症を克服できるかもしれない――。


こんな打ち明け話、どうしてしちゃうんだろう。

相手は初めて会う男の子なのに。

わたしがそう思うのと同時に、男の子が呟いた。

「そうか……メイ、高所恐怖症になっちゃったのか」

「えっ、あなた、だ……」

誰――といいかけた瞬間、気づいた。

男の子の大きな黒い瞳と、ツバサの瞳はまるきり同じだということに。

「ツバサ……？」

試しに呼びかけてみたら、

「当たり」

というこたえがすぐに返ってきた。

「びっくりしたろ。あの日のおれ、女のふりしてたから……でも、だますつもりじゃなかったんだ。じつは、おれのお母さんが子ども服のデザイナーやっててさ。おれ、小さいころから、女の子用の服も試着とかさせられてて……『女の子のお洋服着てるときは、女の子らしくしてなきゃだめ』っていい聞かされてたから、ついうそついちゃって」

びっくりしたなんてもんじゃない。

ツバサが男の子だったなんて、全然気づかなかった。

「ツバサ」という名前も、男か女か区別がつきづらい名前だし。

「ほんとはあの日、男だって最後に打ち明けるつもりだったんだ。だけどその前にメイが木から落ちちゃって……おれ、ソッコーで家に帰って、うちの親を連れて戻ってきたんだ。そしたらメイがいなくなっててさ……心配で、あの日から毎日ここへ通ってきてたんだぜ」

とツバサは語り、突然ぺこりと頭を下げる。

「ごめん。あの日のことが原因で高所恐怖症になったなんて……おれが木登りなんかに誘ったせいだ」

「ツバサのせいじゃないよ。勝手に落ちたわたしがいけないの」

わたしは慌てていい返す。

でもツバサは譲らない。

「ちがう、おれのせいだ」

「ううん、わたしのせいだよ」

とお互いに譲らず、何度もしつこくいい争い——やがて、どちらからともなく笑いだしてしまった。

「まあいいや。とにかくクスノキまで行ってみようぜ。おれ、一緒に行くから」

笑いながらツバサがそういい、わたしも笑いながら「うん」とうなずく。


ツバサが一緒ならきっと怖くない。

だってツバサは友だち……。

ううん、もしかしたら、友だち以上に、好きになり始めてるかもよ？
自分で自分に問いかけつつ、わたしはツバサと並んで歩きだした。

金木犀(きんもくせい)のにおい

6年1組の教室で、おれは黒板の前に立ち、ぺこりと頭を下げた。

「アマノ　タクヤです。みなさん、今日からよろしくお願いします」

とまずは転校生らしくあいさつ。

そして、間髪入れずにネタばらし。

「じつはおれ、1年生のときもこの学校に通ってました。親の仕事の都合で転校しちゃったけど……また戻ってこられて、うれしいです」

教室じゅうが一斉にどよめく。

みんな顔を見合わせて、

「アマノくんなんていう子、いたっけ？」

とか、

「どうだろう。覚えてない」

とか、ささやきあっている。

覚えてなくて当然だ。だって昔のおれ、存在感ゼロだったから。

❤
❤
❤

1年生のときのおれは、背が小さくて、おまけに気も小さくて、友だちがいなかった。

みんなの輪に入っていく勇気がなくて、いつもひとりぼっち。

誰にも相手にされず、存在感ゼロの日々を送っていたら、ある日お父さんの転勤が決まり、転校することになった。

「転勤は5年で終わるから。6年生になったら、また、今の学校に戻ってこられるよ」

お父さんはおれを励ますつもりでそういったみたいだけど、
別に戻りたくない。

どうせ友だちいないし……。

なんて、おれは思っていた。おまけに、
あーあ。きっと転校先でもひとりぼっちだろうな……。

とか思ったりして——完全にいじけたやつになってた。

でもそのあと、転校先で座った席が、クラスでいちばん明るい男子の隣だったんだ。

そいつが友だちになってくれたおかげで、あっというまにおれはみんなの輪に入ることができた。

友だちができて自信がつくと、自然に明るい性格になれた。しかもラッキーなことに、背がぐんぐん伸びて——。

背が小さくて、気も小さいかつてのおれは、跡形もなく消え去った。

♥
♥
♥

ふふふ。みんな覚えてないだろ？

おれは生まれ変わって帰ってきたんだぜ？

優越感にひたりながら、どよめき続けるみんなを見つめる。

するとそのとき、ひとりの女子が勢いよく立ち上がり、いった。

「わあ、アマノくん、久しぶり！」

久しぶり……といわれても、おれにはあの女子が誰なのかわからない。

ていうかぶっちゃけ、ここにいる全員の、顔も名前も一切わからない。

みんながおれを覚えていないのと同じで、おれだってみんなのことを覚えてないんだ。

「へえ、モリナツ、アマノくんのこと覚えてるんだ？」

と誰かがたずね、立ち上がった女子は「もちろん覚えてるよ」と即答した。

そのあと、頬を赤らめ、

「だって初恋の人だもん」

なんて、突然の爆弾発言！

とたんにみんな、大盛り上がり。

「ヒューヒュー、あっつーい」

「運命の再会じゃーん」

と、ひやかしの声をあげまくる。

「こら、静かに。授業始めますよ」

担任の先生がみんなをたしなめ、朝の会はそれでおしまいになった。

♥ ♥ ♥

そのあとおれは、授業なんかそっちのけで考えこんだ。
まじで誰なんだよ、さっきの女子は……。
誰かもわからないやつに、いきなり「初恋の人」なんていわれても、正直迷惑
……いや、さっきの女子がかわいい子だったら、全然迷惑じゃないし、むしろ大歓迎。
だけどあいにく、さっきの女子はごく普通だった。
ていうか、いまいち冴えない感じで、おれの好みじゃない。
あー、やっぱ迷惑……なるべく関わらないようにしよう。

と思ったのに——中休みに入ったとたん、さっきの女子が「アマノくーん」と駆け寄ってきて、しかもそれを見たみんなは「ヒュー、おふたりさん、ごゆっくりー」なんていって、立ち去ってしまった。で、気づいたらおれの席の周りはほとんど無人状態。

まじかよ。

生まれ変わって帰ってきたら、もっとみんなにチヤホヤしてもらえると思ったのに……こいつのせいで！

おれはむかむかしつつ、かたわらにいる女子をにらみ、

「あのさ、えーっと……モリナツだっけ？」

と切り出した。

確か朝の会のとき、誰かがそう呼んでた気がしたから。

「うん。でも、モリナツって苗字じゃないよ。モリモト　ナツキを略したあだ名」

「あっそ」

とおれは受け流す。

はっきりいって、苗字だろうがあだ名だろうが知ったこっちゃない。

「アマノくん、1年生のときはわたしのことモリモトさんって呼んでたのに、全然覚えてないんだ……」

モリナツが残念そうに呟く。

けどおれはお構いなしで訴えた。

「あのさ、おれのこと初恋の人とかいうのやめてくんない？　それ、絶対人違いだから」

「えっ、人違いじゃないよ。絶対アマノくんだよ」

うそだ。

あのころのイケてなかったおれに、惚れるわけがない。

でも今のおれは、自分でいうのもなんだけど、イケてる。

明るい性格と長身になってから、モテるようになった。

イケてる男子の気を引こうとして、うそついてるんじゃねえの……？

とおれが疑いの目を向けていることなどつゆ知らず、モリナツは、

「じゃあ、わたしが好きになったときのこと教えてあげる」

といい、語りだした。

「わたし、中庭でお気に入りの髪留めをなくしちゃって……それをアマノくんが一緒に探してくれたんだよ。夕方になっても、見つかるまで一生懸命探してくれたじゃない」

そういわれてみれば、そんなことがあったような、なかったような――おれは首をひねりつつ、

「覚えてない。やっぱり人違いだ」

とつっぱねた。

それでもモリナツは引き下がらずに、いう。

「ほんとに覚えてない？　ほら、あのときさ、中庭に金木犀が咲いてて、すごくいいにおいがしてたじゃない」

「しつこいなあ。覚えてないってば」

「……あ、そうだ！」

とモリナツは突然声をあげ、まくしたてた。

「今ちょうど金木犀が咲いている時期だから、アマノくん、試しに中庭に行ってみてよ。そしたら、なにか思い出すかもしれないから」

無理、無理。

思い出すわけねえよ。

でも……中庭に金木犀があるかどうかだけ、見に行ってみようかな。

やっぱりちょっと気になるし……。

そう思い、おれは昼休みにひとりで中庭を訪れた。

中庭のいちばん奥のほうに、橙色の花をつけた木がある。

間違いなく、金木犀だ。おれはその木の下まで行き、

「へえ……まじであるじゃん」

ひとりごち、金木犀を眺めた。

しばらくじっと眺め続けていたら——いつのまにか、足元に白いうさぎがい

た。

あれっ、なんだこいつ。

なんでこんなところにうさぎが……??

まさか、誰かんちから逃げ出してきたやつじゃないだろうな?

「おい、おまえ、どこから来たんだ?」

とおれは声をかけた。

もちろん、返事がないのはわかってる——なのに!

「未来からだよ。ずーっと先の未来から来たんだ、ぼく」

「しゃっ、しゃべったあぁー!」

思わず叫んでおれは後ずさり、うさぎはにっこり笑う。

「怖がらなくても大丈夫だよ。ぼくはシルクっていうんだ。よろしくね」

チョーさわやかな笑顔。

たしかに、怖がる必要はなさそうだ。

にしても、シルクって一体何者なんだ？「未来から来た」とかいってたけど……もしかして、未来の世界では動物がしゃべるのが当たり前になってるのかな？

なんて、ついシルクの話を真に受けて考えていたら、

ビュウーッ！

ふいに強い風が吹き抜け、金木犀のにおいがおれを包みこんだ。

その瞬間、頭の中に、昔の情景がよみがえる。

四つん這いになって、探し物をするおれとモリナツ。

「あっ、あったよ、モリモトさん！」

とおれは髪留めを手渡し、

「わあ、ありがとう、アマノくん！」

とモリナツはかわいらしくほほ笑んだ。

うげっ。

急に思い出しちまった……いや、でも、モリナツがかわいらしかったなんて、なんかの間違いだろ？

首をひねるおれのかたわらで、シルクがしみじみという。

「こうしてにおいをかぐと、いろいろ思い出しちゃうよね。**五感の中でも、嗅覚は特に長く記憶に残るんだよ。においの記憶は、何年も……場合によっては、何十年も記憶に残ることがあるんだ**」

何十年も記憶に残る——ってことは、やっぱり間違いじゃねえってことか。

「あーあ。しょうがねえな……」

おれは満開の金木犀を見上げ、呟く。

思い出しちゃったもんはしょうがない。

あとでモリナツに「思い出した」と正直にいおう——でも、やっぱりちょっと悔(くや)しいから、かわいらしかったってことはひみつだ。

ダンスがうまくなる薬

土曜日の夜。部屋で机に向かい、夢中で雑誌を読んでいると、背後からドアをノックする音が聞こえた。

あたしがとっさに雑誌を漢字ドリルの下に隠した直後、

「まだ起きてるの、サキ。もういい加減に寝なさいよ」

といいながらお母さんがドアを開けた。

「う、うん。でも今、宿題やってるから……」

あたしがそうこたえたとたん、お母さんは満面の笑みを浮かべ、

「そう。じゃ、あまり無理しないようにね」

なんていい残し、あっさりと立ち去った。

ふう、間一髪。

夜更かししてるのがお母さんにばれると叱られる——けど「勉強」を理由にして切り抜けちゃえば大丈夫。

これでもう、じゃまは入らない。

漢字ドリルの下から雑誌を引っ張り出し、あたしは再び読みふける。

「はあー、かっこいい……」
無意識の内に、ため息がこぼれちゃう。

あたしは今、男性アイドルグループにハマっている。
あたしの推しは、誰がなんといっても、トウマ。
トウマは14歳で、メンバーの中ではいちばん年下。
あんまりしゃべらないほうだから、トークのときとかは目立たない。
でもパフォーマンスが始まったら、バツグンの存在感。
ずば抜けてダンスがうまくて、世間では「ダンスの天才」といわれている。
雑誌のインタビュー記事で、
《ダンスの練習はほとんどしない。しなくても自然にできるようになるから》
と語るトウマは、めちゃくちゃクールでかっこいい。
どうしたらトウマみたいに華麗にダンスができるんだろう。
あたしはダンスなんて、一切できない。

こないだ体育の授業で、「クロスステップ」というダンスのステップを習った。

来月の運動会で6年生はダンス競技をするから、全員がそのステップをできるようにならなきゃいけないいんだけど——難しくて、あたしは苦戦中。

毎日必死で練習しているところだ。

明日も練習しなきゃ……やだなあ、もううんざり。

「わーん、助けて、トウマー」

なんて声をあげ、あたしは机につっぷす。

すると突然、

「ずいぶん困ってるみたいだね」


という声が聞こえたから、一瞬、トウマが返事してくれたのかと思った。

でも、もちろんちがう。

顔を上げると、なぜか目の前にうさぎがいて、

「はじめまして。ぼく、シルク」

とあいさつしてきた。

あたしは「うっ、うさぎ……」と息を飲んだあと、ぴんとひらめき、まくしたてる。

「あっ、じつはうさぎじゃなくて、魔法使いとか神様とか？　困ってるあたしを助けに来てくれたんでしょ？　不思議なチカラで、一瞬でクロスステップをできるようにしてくれたりして！」

「ううん。魔法使いでも神様でもないよ。ぼくはただのロボットさ」

「ロボット……じゃあ、不思議なチカラがあるわけじゃないんだ……」

肩を落とすあたしに、シルクは笑顔でいう。

「元気出して。かわりにいいこと教えてあげるから」

「え？　いいこと？」

「うん。あのね、明日、カガヤキ町の1丁目にあるスズノネ公園でクロスステップの練習をすると、いいことがあるよ」

「ちょ、ちょっと待って」

あたしは慌ててメモ帳を引っ張り出し、《カガヤキ町1丁目　スズノネ公園》と忘れないようにしっかり書き留めた。

そして、

「ねえ、いいことって、なに……」

といいながら顔を上げると、シルクはどこにもいなかった。

突然現れたと思ったら、今度は突然消えてしまった。

♥　♥　♥

結局、シルクが何者かはわからなかったけど――いわれたとおりにしてみよう。

そう思い、あたしは翌日、スズノネ公園を訪れた。

そこには大規模な広場があって、ダンスや楽器を練習する人が大勢いた。

よかった。この公園なら、下手なダンスをしてても目立たずに済みそう。

ほっとしつつ、あたしは練習を開始した。

だけど、全然集中できない。

だって、さっきからなんとなく視線を感じる。

そっと辺りを見回すと、すぐそばのベンチに、帽子を目深にかぶってる男の子がいた。

顔が見えないからよくわからないけど、年齢はあたしと同じか、少し上くらい――その人が、こっちをじろじろ見ているような気がする。

気のせいかな……ううん、そんなことない！

「ねえ、そこの人っ。さっきからこっち見てない？」

とあたしは思いきって声をかけた。

そしたらその人が「……うっ」とひるんだ様子を見せたから、あたしはさらに畳みかけた。

「やっぱり見てたんだっ。なんでじろじろ見るの！」

「お、おい、大声出さないでくれ」

というその人の声を聞き、あたしはハッとする。

「えっ……も、もしかしてトウマ？」

「げ、ばれた」

と帽子の下で眉を八の字にするその顔は、間違いなくトウマ本人！

すごいっ。

シルクがいった「いいこと」って、このことだったんだ――！

「きゃあー！　ど、どうしよう、信じらんないっ。あたし、大ファンで……」

「シーッ、静かにして。みんなにばれるから」

トウマにたしなめられ、あたしはこみ上げる声をぐっと飲みこんだ。

そのあと深呼吸をし、落ち着きを取り戻してから、改めてたずねる。

「ねえ、さっきなんであたしのほう見てたの？」

だってきみがかわいいから、見惚れちゃって――とかいう夢みたいな返事をつ

い期待しちゃったけど、実際にトウマがくれた返事は、

「だってきみ、必死にクロスステップの練習してたけどさ、かなりとろ……い
や、そうじゃなくて、かなりにぶ……い、いや、そうでもなくて……」

今絶対、「とろい」とか「にぶい」とかいいかけた！

無理やりごまかそうとしてたけど、バレバレだし！

「そっか、とろくてにぶいからか……」

期待はずれすぎる返事に、あたしは打ちひしがれる。

するとトウマは、慌てた口ぶりで切り出した。

「ごめん。そんなしょんぼりしないでよ。お詫びにクロスステップ教えるから」

「ほんとっ？」

超高速で食いつくあたしに、トウマは大きくうなずいてみせる。

「うん。でも口で教えるだけで、お手本は見せないよ。おれがここで踊ったら、
さすがに目立つから」

口だけでもお手本なしでも、とにかくトウマが教えてくれるだけで、うれしす

ぎる！

「よーし、がんばるぞっ」

とあたしは張り切って練習を再開した。

でも——そう簡単にはいかなかった。

トウマの教え方は丁寧で、体育の授業で教わったときの何倍もわかりやすい。

あたしは教わったとおりにやってみるんだけど——いくらやってもできない。

何度も何度も、気が遠くなるほど繰り返しても全然できなくて、

「もうやだ……無理」

とあたしはついに音を上げてしまった。

するとトウマはパーカーのポケットに手をつっこみ、

「じゃあ、これをやるよ。ダンスがうまくなる薬」

といって、飴玉みたいな物をあたしに差し出した。

飴玉みたい――ていうか、どこからどう見ても飴玉だ。

「えー、うそだあ」

「はあ、悲しいな……ファンに信じてもらえないなんて」

トウマにため息をつかれ、あたしはもういい返せなくなり、

「わかった、信じる」とこたえて、その薬を飲んだ――というより、やっぱり飴玉みたいに「食べた」のだけれど。

でもそのあと、クロスステップに再挑戦したら、ほんとにできてしまった。

「やったあ、薬が効いたんだ！」

喜ぶあたしを見て、トウマはさらっという。

「じつはあれ、ただの飴玉だよ」

「んもうっ、ひどい。だましたの？」

あたしがそう訴えると、トウマは**「プラセボ効果」**について説明してくれた。

プラセボ効果っていうのは、「プラセボ」というニセの薬――たとえば砂糖と

か、小麦粉とか——を飲むことで、病気が良くなることらしい。

頭痛が起きている人に「この頭痛薬はよく効く」といってニセの薬を飲ませると、本当に症状が改善することがあるんだって。

「だましたんじゃなくて、プラセボ効果を試したんだ。きみにもちゃんと効果が出て、よかったよ」

トウマはそういい、さらに続ける。

「おれもダンスの練習がうまくいかないとき、プラセボ効果を利用するよ。『これはダンスがうまくなる薬だ』って自分にいい聞かせて飴を食うと、けっこう効果あるんだよな」

「えっ、でもトウマ……『ダンスの練習はほとんどしない。しなくても自然にできるようになる』って、雑誌のインタビューで語ってなかった？」

あたしは矛盾を感じて、たずねる。

そしたらトウマは小さく鼻を鳴らし、

「ほんとはチョー練習するよ。しなくちゃ、できるわけねえじゃん」

と正直に打ち明けた。

照れくさそうなその顔を見たら、あたしはすごくどきどきして、
やっぱり好きだなあ……。

なんて、惚れ直しちゃった。おまけについうっかり、

「ねえ、また今度、ダンス教えてくれる？」

と口走ってしまった。

こんなの絶対、無理なお願いなのに……どうしてもまた会いたくて。

「うーん……じゃあ、交換条件だ」

トウマはそういって首をひねり、切り出す。

「ダンス教えるかわりに、きみの名前教えてくれない？」

うわっ、そういえばあたし、まだ名乗ってなかった！

「サキ、サキ、サキ！」

慌ててあたしが連呼すると、トウマはぷっと吹き出して、

「わかった。サキサキサキサキちゃんね」

なんて、わざといじわるっぽくいう。それでもあたしは、

ああ、やっぱり好き……。

と懲りずにまた惚れ直しちゃったんだ。

エピローグ

スズノネ公園にあるしげみの中から、シルクはひそかにサキとトウマを見つめ、

「ああ、うまくいってよかった……」

と胸をなで下ろした。

でも、のんびりしてる暇はない。


キュン……キュキュン……。


恋愛で困ってる人が発する音が、遠くからまた聞こえる。

音を目指して、行かなきゃ。

そして、恋愛で困ってる人を助けなきゃ――。

そのために、シルクは遠い未来からやってきたのだ。

未来では、ほとんどの人間が恋愛をしなくなっていた。

そんな世界を変えたいと願ったひとりの博士が、ロボットのシルクを作り、

「頼む、シルク。過去へ行き、人間の恋愛を手助けしてくれ。そうすることで、ひとりでも多くの人間に、恋愛のすばらしさを伝えてほしい。何年も、何十年も、何百年も……気の遠くなるくらい伝え続けていけば、やがて訪れる未来は、人間が恋愛をする世界になるはずだから」

とシルクに頼んだ。

そしてシルクは、博士に約束した。

「うん。ぼく絶対、人間が恋愛をする世界を取り戻してみせるよ」


約束は守るからね、博士――。

心の中でそっと呼びかけ、シルクは走りだす。

キュンキュンと聞こえる音を目指し、全速力で。

♥あとがき

「恋愛をテーマにしたお話を書いてみませんか」

というご提案をいただき、わたしが真っ先にひらめいたのは、恋愛で困っている人を助けてくれるキャラを登場させよう――ということでした。

見た目はかわいいけど、物知りで、頼りになって――とあれこれ想像していった結果、誕生したキャラがシルクです。

みなさんは、シルクを気に入ってくれましたか？

みなさんが恋愛で困ったときに、

こんなとき、シルクならなんていうかな――とか、

もしかしたら自分のところにも、シルクが来てくれるかも――と

か、シルクのことを少しでも思い浮かべてくれたら、うれしいです。
シルクは今日もどこかで、恋愛で困っている人を助けているにちがいありません。そんなシルクの活躍を、またいつか書けたらいいなと思います。

最後に――。
この本の出版に携わってくださったみなさまに、心から感謝いたします。
そして、この本を読んでくれたすべてのみなさまに、お礼を申し上げます。
本当にどうもありがとうございました。

春間美幸

春間美幸（はるまみゆき）

神奈川県生まれ。第55回講談社児童文学新人賞に佳作入選した『それぞれの名前』でデビュー。著書に『どうくつをこねる糸川くん』『ぼくのジユウな字』『ジークの睡眠相談所』（以上、講談社）、『ルヴニール アンドロイドの歌』（小学館）がある。

装画：淵゛

デザイン：tobufune（小口翔平＋畑中茜）

組版：マイム（津浦幸子）

この恋はうさぎ色

このこいは　うさぎいろ

5分でキュンとする結末

二〇二四年一二月一七日　第一刷発行

著者　春間美幸

発行者　安永尚人

発行所　株式会社講談社
東京都文京区音羽二−一二−二一
郵便番号　一一二−八〇〇一
電話　編集　〇三−五三九五−三五三五
販売　〇三−五三九五−三六二五
業務　〇三−五三九五−三六一五

印刷所　共同印刷株式会社

製本所　大口製本印刷株式会社

KODANSHA

N.D.C. 913 158p 19cm
ISBN978-4-06-537472-6